KB232375

잘했어, 잘했어

잘했어, 잘했어

문힘시선 036

잘했어, 잘했어

용미자 시집

도서출판 **문화의 힘**

잘했어, 잘했어

시인이라는 이름을 달고
살아 온 지 20년이 넘었다

되풀이되는 지루한 일상에서
놓아버리지 않고 함께 왔다는 것만으로도
'잘했어, 잘했어' 칭찬을 해주고 싶다

삶을 착하게 쌓아가는 사람들에게도
'잘했다고, 잘 하고 있다고.'
격려와 박수를 보낸다

2025년 가을
초람 용미자

제1부 늘 봄

제3부 잘했어, 잘했어

제4부 아름다운 세상을 위하여

잘했어, 잘했어

제1부

늘 봄

잘했어, 잘했어

일어나라 아들아

사거리 한복판
오토바이 내팽개쳐 있고
비닐봉지 터져 토해 낸 짬뽕 국물 깔고
어린 아들 쓰러져 있다

꿈을 향한 무한 질주
가난 탈출을 위한 과속과 신호 위반
나무라기 미안하다
차와 차 사이 곡예하듯 달려도
벗어날 수 없는 격차

사이렌 소리 가까워진다
별일 없어야 할 텐데
일어나라 아들아
아직 어린 그 꿈
실현되는 날 오기를 빌며
조심조심 좌회전을 한다

아름다운 세상을 위하여

날 때부터
천대받는 민들레
짓밟혀야 하는 운명
밟히며 살아도
꽃을 피우고 솜털을 날리니
산천이 아름답다

야생화라는 이름으로
화분에 심겨져
아파트 베란다에 꽃 피우는 호사보다
흔하디흔한 잡초로 산다

갈아엎어도 다시 일어나
예초기 칼날에 살점 다 내 주고
제초제 세례에도
숨을 참고 새순을 꿈꾼다

엄동설한 한 줄기 햇살에도
꽃대 밀어 올리는
민초들로 세상은 따뜻하다

어둡고 그늘진 곳
등불이 되고 햇살이 되고 방패가 되어
지천에 민들레 솜털 훨훨 날리는
아름다운 세상을 위하여 노래하며 걸어가리

아파트형 둥지

서당 앞에 놀러왔던 참새들
가을비 차갑게 내리는데
지금 어디서 무얼 하고 있을까요
우리들은
서당으로 들어오면 되는데
참새들은 우산도 없이
나뭇가지에서 떨고 있을 것 같아요

우산도 없이
온몸 뼛속까지
식어가는 줄도 모르고
어디 웅크리고 앉아
내일의 태양을 꿈꾸는
가여운 인생도 있으리라

피할 곳도 갈 곳도 없이
고스란히 비를 맞는
참새 떼들
나뭇가지마다 아파트형 둥지를 틀어 달라
짹짹짹짹

하늘 향해 농성하면 하느님이 들어 주실까

하늘 향해 농성하면 하느님이 들어 주실까

새해

내일이었던 오늘이 어제가 되었다
그 어제가 하룻밤 사이 작년이 되고
내일의 태양이 솟아 오른 오늘이
하룻밤 사이 새해란다

새해가 되면
사람들은
새로운 다짐으로
착하고 바르게 사는 꿈을 꾼다

내일도 모래도
새 해를 보며
새해처럼 다짐하며 살면
착하고 바른 세상 되고
일 년 내내
화목하고 행복할 거야

봄밤의 노래

바람 솔잎 지나는 소리
풀벌레의 짝짓기 소리
거미 실 뽑는 소리
나뭇잎 반짝이는 소리
묵은 댓잎 춤추는 소리
꽃향기 흩날리는 소리
청개구리 하루살이 잡아먹는 소리
자리 밑에 깔린 개미의 비명소리
어둠이 오는 소리
숯불 피는 소리
고기 익는 소리
술잔 부딪치는 소리
밤하늘 흰 구름 흐르는 소리

봄밤 숲속의 모든 소리는
시인의 노래를 위한 반주

부산행

사월 첫 주 주말
대천에서 부산까지 기차여행
대천역에서 무궁화호 열차를 탔다
철커덕 철커덕 지나는 들녘에
쌀쌀한 봄기운이 가득하다

햇볕 잘 드는 산중턱 뽀얀 산소
어느 불효자 효자인 듯
꽂아 놓은 조화 한 아름
향기 없이 바람에 흔들림이 부질없어 보인다
밭고랑 일구어 비닐 씌우는
늙은 농부의 삶은 아직 봄이다
농가마다
소녀 적 고운 마음으로 피워 낸
수선화 욕심 없이 자리를 지키고
빈 집 외로운 개 우체부를 향해 짖어댄다

소박한 시골 들녘을 지나
천안아산역에서 고속열차로 갈아타니
남으로 수도 없는 터널과 들녘을

속도를 자랑하며 달린다
어둠에서 빛으로 나올 때마다
들녘에 짙어진 녹색과 화사한 봄꽃들

터널 같았던 겨울 보내고
화사한 봄 들녘을 꿈꾸며
시간을 달려
종착역에 내린 사람들은
반가운 사람을 찾아 또는
즐겁고 슬픈 일이 기다리는 곳으로 바쁘게 흩어졌다

사랑茶방

청라 언덕애愛
누구나 다多 쉬어가는 방

마실 나온 사람들
서로에게 찻茶잔 권하며

근심 걱정 털어내고
서로를 아우르는

마음 열고 담소 나누는
소통과 만남의 장소

사람 향 가득한
청라 언덕애愛 사랑茶방

가을이더라

맛있는 점심으로
배는 부른데
가슴이 허전해지면
그 뜨겁던 여름이
저 멀리 과거가 되었다는 거지

좋은 사람과
향 좋은 커피를 마셔도
가슴에 향기 담을 수 없다면
쓸쓸히 다가오는 가을을
외면하고 싶은 게지

결실을 기다리는 계절에
꽃피워 정성 들인 열매
손끝에 닿지 않는다면
채워지지 않을 빈곤이 두려운 게지

가을이더라
해변도로를 달려보니

터미널 그림

키 큰 사람 작은 사람
뛰는 사람 걷는 사람
빵과 우유로 한 끼 해결하는 노부부
양손에 짐을 들고 바랑 진 비구니
모자 쓴 남자 긴 머리 여인
엄마 손에 매달려 가는 아이
서울 구경 온 시골 아이들
전화하며 웃는 중년 남자
스마트폰 검색하는 젊은이
텀블러 들고 가는 여학생
햄버거 먹는 남학생
배낭 짊어진 여행객
휴가 마치고 귀대하는 장교
사람들 사이사이 대걸레 밀고 다니는 청소부
어디서 왔다 어디로들 가는 걸까?
희로애락이 터미널 안에 있다
어린 시절
개미들의 대 이동을 건드려
흐트러지는 균열을 바로잡으려
우왕좌왕하던 모습이 그림으로 그려지는

사람이 밀물 썰물처럼 바뀌어도
다시 복잡한 그림이 그려지는 질서

아 그 집

시내에서 집으로 가는 길
언덕을 올라 산모퉁이 돌 때 즈음
산비탈 비스듬히 걸치고 있던
낡은 주홍색 슬레이트 지붕에
녹슨 양철 연통
울타리도 있는 듯 없는 듯
연두색 칠 벗겨진 대문 삐딱하게 열려 있던 집

빈 집인가 했는데 빨랫줄에
곰팡이 핀 누런 메리야스와
고무줄 늘어진 쭈그러진 팬티가 걸려 있었지
그 집 앞을 지날 때마다
걱정스레 슬쩍 울안을 들여다보면
산수유 매화 목단 목백일홍 국화 이어서 피어대더니

볕 좋은 늦은 가을 하루
동네 노인 서넛이
늙은 고양이들처럼 집 앞에 나란히 앉아 있었지
웃음도 잃어버리고 겨울을 예상하며
또 봄을 기다렸을 텐데

겨울이 지나고
온 세상 봄빛이 가득한데
그 집이 사라졌다
매일 그 길을 지나 다녔는데
그 집을 지키던 낡은 속옷의 주인이
언제 어디로 갔길래
집터 자리에 푸른 잡초만 무성한가
손바닥만 한 터에서 아들 낳고 딸 낳고
지지고 볶고 알콩달콩 살았을 세월이
찰나에 사라졌다

그렇게 떠나고
그렇게 잊혀지고

거미

나를 보호하려는 걸까
나를 감금하려는 걸까

창문 밖 넓게 드리워진 거미줄
왕거미 처마 밑에 숨어 있다

팔랑팔랑 배추흰나비
창문을 기웃대다 걸렸다

순식간에 달려 나가 산 채로 염을 하는 본능
산 채로 생즙을 흡입하는 흡혈귀

내 피가 빨리는 듯 가슴 조여진다
거미줄을 제거하기보다 탈출을 시도한다

거미줄을 피해 살금살금 지나가다 앗
멀리 이어진 보이지 않던 실이 끈적이게 목을 감는다

나도 생 염을 당하고 생즙을 빨리겠다
감금된 채 살고 있었던 거야

늘 봄

검버섯 피었다고
시심까지 얼룩질까

고목에 꽃 피우듯
고아한 향기의 시를 짓는
시와 음악 커피를 사랑하는
천리향 순도順道 시인

시를 짓는 영혼에
노화는 없다
시인의 세상은 늘 봄이다

* 順道 김경업 시인 : 한한시 韓漢時의 창시자. 한한시 시집 『천리향』

머리 감기

어제 감은 머리가
또 가렵습니다
하루만 지나도
머릿속에 새로운 우주가 만들어지는가 봅니다
어느 날
긴 머리털을 면도기로 밀어 본 적이 있지요
그래도 하루만 지나면 두피가 근질근질했습니다
터럭의 문제가 아니라
그렇게 씻으면서 털어내면서 사는 거랍니다

뇌 속이 근질거려
상하좌우도 동서남북도
분간 못하는 천치가 되었습니다
개나리는 왜 노란색이고
장미는 왜 붉은지
하늘은 왜 파란지 모르겠습니다
머릿속 뇌를 꺼낼 수 있다면
머리감듯 뽀골뽀골
씻어 내고 털어 내어
집 뒤 노란 개나리 울타리와

마당 가 빨간 넝쿨장미와 높고 푸른 하늘을
아름답게 보고 싶습니다.

청천호 호수공원

청천호에는 우주가 담겨 있다
해와 달과 별
새들의 노래 바람의 한숨
함께 숨 쉬고 있다

날이 가고 달이 가고 해가 간다고
아우성치지 않고 고요히 물살 흔들어
그래, 그래 세월을 다독인다

매양 가슴 크게 열어
장맛비 소나기 이슬비 눈송이 진눈개비
새들의 눈물도 개구리 오줌도 받아 품고
어느 집 부엌에서 무슨 그릇을 씻었느냐
장골 질골 시궁골 어느 계곡에서 내려왔느냐
더럽다 깨끗하다 묻지 않고
너 때문이야 다투지도 내 덕분이야 드러내지도 않고
한아름 크게 품었다가 농번기 아낌없이 바닥까지 비워 내는
어머니 가슴이다

오시라 신나고 즐거운 영혼도

힘들고 지친 영혼도 오시라
용서와 이해로 하늘을 채우고
'괜찮아, 괜찮아'
물살 흔들며 아름다운 세상 보여준다

대천해수욕장

수천 년 세월 파도에
진주 조개껍질 가루되어
눈부신 백사장

밀물 썰물처럼
수천 년을 헤매이다
그대를 발견하였을 때
바다는 아름다웠습니다.

그녀의 몸에 곡선을 따라 머드를 바르고
조개껍질 목걸이 걸어 주니
오! 그대는 나만의 흑진주

춤추는 파도 두 몸을 휘감아 포말을 그리고
뽀오얀 살결 속살까지 조개비늘 반짝이는
그대는 환생한 나만의 인어공주

출렁이는 파도에
지구가 닳고 닳아
사라진다 해도

내 사랑은
하늘과 바다를 붉게 물들일 것입니다

잘했어, 잘했어

제2부

나 **아직도**

잘했어, 잘했어

낭만 연인

가을이 오는 마당 한켠
오서산을 넘는 해가 뿌려놓은
노을 젖은 술잔을 부딪친다

붉은 빛 서서히 사라지니
때 늦은 매미 목청껏 울어대고
술잔에 하나 둘 별빛이 스민다

비행기도 반짝이며 날아가고
듬성듬성한 나뭇잎 사이사이 총총히 박힌
반짝이는 별 나무 아래
별주를 마시는 낭만 연인

수 없는 은하와 별무리 아래
모래알보다 더한 인연으로
작은 우주를 지키는 두 별
서로를 위하여 별주를 권한다

숲속의 여왕

고향 땅에 둥지 틀고
매화나무 목련 벚나무 영산홍 진달래 개나리 심어
봄이 오면 벌 나비 거느리고 꽃물결 출렁이는 동산 거닐었다

지렁이 굼벵이 개미 메뚜기 반딧불이 풍뎅이 파리 모기 뱀
녹음 짙어지는 숲속 백성들과
낮과 밤 끊어지지 않는 화음 어우러진 풀벌레들의 연주에
풀피리 소리로 노래했다

오색으로 물든 정원 노닐던 다람쥐 비둘기
해질녘 고라니도 마실 오는 언덕
앙상한 가지마다 눈꽃이 피는 계절
밤이면 나뭇가지에 별들이 초롱초롱 열렸다

사시사철 동화 속 그림이
화사첨족畵蛇添足의 잘못된 채색으로
어느 날 초토화되었다
궁전의 앙상한 뼈대가 드러났어도

동 틀 녘

새들의 지저귐보다
동쪽 창으로 황금빛 햇살
방안 가득 출렁이니
금빛 침상을 털고
눈부신 하루에 감사 인사를 드린다

벚나무

정원 중앙에 뿌리 내린 벚나무
해가 지날수록 무성해지는
꽃구름과 녹음
그 영역 하에 잡초 하나 없었다

주변의 나무들과 함께 자랐지만 유독
사랑을 독차지한 나무
한여름
최고의 휴식처가 되었고
찾아오는 손님과 막걸리 잔을 주고받으며
담소를 나누던 자리였다

어느 초여름
나무의 높이는 지붕을 넘었고 하늘을 가렸다
결국
시퍼렇게 살아 있음에도
주인의 기대를 넘었다는 이유로
베임을 당했다

그 나무는 베임을 당하면서도

하늘과 별과 달과 추억을 정원 가득 채워줬다
언젠가 불볕더위가 이어지면
그 벚나무 그리워하겠지

너랑 나랑

어둔 숲
곤충들의 합창
각자 저만의 소리 빚어
먹물 같은 숲
생동감이 넘실댄다

생김새가 다르다고
내 노래가 최고라고
다투지 않는다.

이 생각 그 생각 저 생각
이 모양 그 모양 저 모양
이 소리 그 소리 저 소리
어우러져
세상이 아름다운 거지

나의 애마

그간, 고마워
스무 해를 나를 위해 달려주던 너
달리다 지치면 버벅대기도 했지만
채찍을 가하면 그래도
힘겹게 일어나기를 수년
그 뜨겁던 여름날
오아시스 없는 사막의 열기로도 불평이 없었고
엄동설한 폭풍우 속에서도
꽁꽁 언 발로 눈을 비비며 달렸지

미안해
늙었다는 죄야
세월을 먹어도
미모와 건강을 지킬 수 있다면
평생 함께할 수 있는데
인간이 간사하여
늙고 병든 것은 용서를 못한다니까

사실 나도 서서히 늙어가는 중

고진감래

연둣빛 고운 하루
고추를 심었다
여린 모들 낯선 곳에 적응하려
고개 떨구고 호흡 조절 중이다

꿀맛 같은 비가 온다더니
밤새 바람 소리만 지나 다녔다
밤이슬이라도 목을 축이고
고개 들기 바랄 뿐

가느다란 뿌리 깊어지고
꽃 피면 찾아오는 나비들과
풋고추 좋아하는 노린재와
세월을 헤아리다 보면 가을이지

가을 햇살 마당 가득 펼쳐지면
달콤한 막걸리 사발 옆에 두고
벌레들이 남겨준 빨간 고추 꼭지를 따겠지

당신 장해요

거만한 당신
젊어서부터 사장님으로 불리며 살다
세월에 밀려 어느새 69세
세월이 더할수록 점잖도 깊어져
말 붙이기 어려운 사람
양반님네 허울도 벗어버리고
고급 포장지도 찢어 버리고
숙이고 낮추고 한 달 수고한 걸
생각하니 눈물이 핑 도네요

곱디고운 사람이 세상 초월한 듯
바닷바람에 그을린 얼굴로
월급 턱 낸다며
삼겹살에 소주 마늘 고추 상추
바리바리 사 들고 와
어버이날 행사로
잔을 부딪치며 서로를 위로하네
건강하기만 하세요
당신 장해요
칭찬해 드릴게요

아버님 빈자리

밤늦도록 마을 어귀 개 짖는 소리
점점 가까이 들리더니 아랫집 개 컹컹
자식 기다리는
어머니 마음
보름달보다 환하리라

새들의 지저귐보다
아이들의 재잘대는 소리로
한가위를 맞이한다
아버님 떠나신 후
찾아오는 이 없는
차례상을 차리고
홀로 절하는 남편
어느새 아버님 모습이다

마당가에 서서 집집마다
자동차 수로 자녀 수를 헤아리며
아이들 까르르 웃는 소리에
덩달아 웃음 흘리며 돌아서는데
서늘한 바람에 감나무 잎 우수수 떨어진다

눈 내리는 날

댕댕이와 함께 아이처럼
손이 꽁꽁 얼어도 좋아라
무릎까지 오는 장화에
눈이 들어가 발이 시린 줄도 모르고
눈길을 달렸습니다

찰칵
어디서든 설경은 훌륭한 배경입니다
서로 사진을 찍어 주며
순간을 간직하는 동심
잊고 살아온 내 삶의 배경이 그대였습니다.
그 아름다운 배경에 감사합니다

나 아직도

창밖을 보고 환호성이 터졌어요
마당가 벤치에도
솔가지 위에도
내 작은 '꽃' 시비 위에도
소복이 눈이 내렸어요

환갑 진갑 넘어 곤두박이는 내리막길
조심조심 브레이크 밟아야 한다지만
거스르고 싶고 부정하고 싶을 때가 있어요

눈 내리는 하늘 보면
마음 설레는 아이가 되어요

눈 쌓인 바닷길을 달렸어요
그림 좋은 풍경 만나
아름다운 찻집도 들렀어요

아직도 아이처럼
눈이 오면 신나고 설레는데
내 인생에 태클 걸지 마세요

아이처럼 눈길 달려갈 거예요
넘어지면 까르르 웃으며
한 번 더 뒹굴어 볼 거예요

낙원

숲속의 오두막집 마당
정돈된 시멘트 마당 아니고
정성들여 가꾼 잔디정원도 아닌
강아지 뛰어 노는 듬성듬성 잡초가 있는 흙 마당

산새들 바람 타고 내려와
재잘대며 걸어 다니는 곳
강아지는 사료를 남겨
들고양이 가족과
산까치 산비둘기 부부 불러들이신다

개미 떼 줄지어 이사 가던 날 밤
한바탕 소나기 내리고 아침이 되면
지렁이도 일광욕 나오시고
강아지들 파놓은 웅덩이에
참새 떼 목욕하러 포로로 날아오는 곳

사마귀도 성큼성큼 나타나
날개 푸득이며 도끼발 치켜드는 곳
두꺼비도 엉금엉금 지나가시고

개구리 폴짝 뛰는데 초록 뱀이 뒤따르는 곳

매미 목청껏 사랑노래 부르는
마당가 감나무 가지에 흰 구름도 쉬어가는 곳
산새들 재잘재잘 아침을 깨우고
해가 지면 고라니 고슴도치 산책 즐기시는

각각의 모습으로
각자의 삶을 누리시는
낙원이 먼 곳에 있지 않았다

겨울 밤

눈 내려 꽁꽁 얼어붙은 하얀 밤
자동차 불빛 따라 도착한
청라면 신산리 우리 집 마당
앙상한 나뭇가지들 높이 하늘 울타리 치고
초롱초롱 별을 달고 흔들고 있다

무엇을 더 바라리

호수에 갇힌 절개

호수에
별이 뜨면
간절한 소망은 눈을 감는다

한정된 땅
갇힌 절개
땅 속 뿌리는
갈증만 더해 간다

애절한 그리움
하늘에 닿도록
속으로 흘린 눈물에
호수는 깊어지고
풀지 못 할
실타래처럼 엉켜버린 사연

엉킨 실타래 풀어 내고
대나무 다리 건너
그대 오시는 날
죽도에 꽃 피는 날입니다

9월

9월 하늘
푸르름에
아득함에
눈물이 핑그르

젊음도
사랑도
그리움도
저 흰 구름 너머로
흘러간
아득한 세월이여

내 인생
구월쯤 되었을까

서서히 불어올 찬바람
맞이할 준비를 해야겠다

겨울 민들레

메마른 가슴팍에 뿌리내린
민들레 씨앗
계절을 잊었다

현관 오르는 돌계단 틈
얼었다 말라 비틀린
형체도 없이 숨죽인 채
그리움 뿌리에 묻어두고
긴긴 겨울 지내려다
한 줄기 햇살에 이파리도 없이
노란 꽃잎 열어 고운 미소 보이는
하루 사랑이어라

해 떨어진 어둠 속에
그대로 얼어 죽어도 좋을 열정은
벌 나비도 없는 계절에
씨도 맺지 못할 홀로 사랑이었나 보다

늦가을

하루가 눈을 감으니
천지만물이
어둠과 하나 되어
분별이 없다
아무것도 보이지 않는
네모진 공간에서
눈을 감고 귀를 열었다

오서산 꼭대기에
걸려 있던 바람이
명대계곡을 타고 내려와
아스팔트 도로를 건너
방앗간 지붕을 넘어
누런 논두렁을 달려
소나무 숲을 지나면서
비를 동반하여 대숲을 쓸고
우리 집 마당가 감나무를 적시더니
지붕을 때리고 있다

깊어가는 가을 밤

잠 못 드는 나도
어둠 속
흙탕물 튀는 마당 가 누런 잡초들도
겨울 너머 봄을
벌써 애타게 기다리는 듯

잘했어, 잘했어

제3부

잘했어, **잘했어**

잘했어, 잘했어

잘했어, 잘했어

학원가 순례하듯 돌고 돌아온 아이야
장인 공工 지아비 부夫가 만나 공부가 되었지
훌륭한 어른으로 만들어 가는 과정이
어찌 힘들지 않겠니

영어 학원 갔다가
수학 학원 다녀
태권도에서 발차기로 스트레스 풀고
다시 피아노 치며 감성을 다듬은 후
어두운 시간 서당 문 열고 들어온 아이

하루 일정 스스로 채워가는 아이야
오늘 채워진 너의 발걸음
어른이 된 후 네 발걸음 가볍게 해 주겠지
반복되는 지루한 학업이지만
그래, 오늘도 잘했어 잘했어

첫사랑

초등학교 2학년 여자아이 폰에
빨간 하트 옆에 내 사랑
그 풋풋한 사랑 응원하며
훗날
훈장님 주례 하에 결혼을 약속했다

작은 가슴 콩닥임 하나로
세상에서 제일 멋진 남자아이
세상에서 제일 예쁜 여자아이
연둣빛 새싹처럼 고운 사랑이
어여쁘다

인물이 어떻고
학력이 어떻고
집안이 어떻고
직업이 어떻고
따지고 재는 거래는 사랑이 아니다

마주보면 그냥 웃음 터지는
아이들 사랑이 교훈이다

알라딘 놀이터

알라딘 놀이터에
아이들과 참새들
재잘재잘 즐겁다

빵빵이도 돌리고 미끄럼도 타고
참새도 쫓으며 신나게 놀다가 학원 갈 시간 잊어버리면
학원 선생님 놀이터로 아이 찾으러 온다

알라딘 놀이터를 아주 멀리 옮겨 달라고
알라딘 램프 요정에게 소원을 빌어 봐야지
참새들은 학교도 안 가고 학원도 안 가서 참 좋겠다

알라딘 놀이터에
아이들이 학원으로 집으로 들어가면
참새들은 심심해서 종종종종 짹짹짹짹

숨바꼭질

보일 듯 말듯
나올 듯 말듯
한가위 보름달
숨고 또 숨어도
흐르는 먹구름 속
웃음 머금은 보름달
무서운 목소리로
훈계하시는 서당 훈장님 얼굴

노모

웃음이 나오면서도
늙을 로老 자를 인정하게 만든
사랑스런 학동의 말

선생님
몇 살이에요
선우 엄마하고 동갑이에요
우리 엄마 49살인데요

그런데
우리 엄마는 그냥 엄마 같은데요
선생님은
늙을 로 어미 모 로모 같아요

이 영특한 아이를
사랑하지 않을 수 있겠어요

감기 걸리면 1

나쁜 점
병원 가 주사 맞기 겁나고
약 먹기 괴롭다
코가 막혀 숨쉬기 힘들고
입 벌리고 자면 벌레가 들어올까 무섭다

좋은 점
학교에 안 가도 되고
학원도 안 가도 되고
엄마 숙제도 없다
텔레비전 실컷 보고
늦잠 자도 되고
게임 해도 되고
맛있는 죽 먹을 수 있어 좋다

감기 걸리면
좋은 점이 더 많아
한 번 걸리면 계속 아픈 척 하고 싶다

감기 걸리면 2

감기 걸려도
아닌 척 식구들 챙기고
립스틱 더 진하게 바르고 출근
더 환하게 인사 나누고
주어진 업무 미루지 않고
지친 몸 끌고 들어와 눕는다

한 움큼 약 먹고
두통 콧물 기침
온몸에 오한 일어
솜이불 덮고도 덜덜
진땀으로 밤을 새운다

감기 걸리면
아이처럼
회사도 안 가고 밥도 안 하고
잠도실컷자고텔레비전도실컷보고게임도하며
다 나아도 아픈 척하며 더 쉴 수 있으면 좋겠다

세월 1

8월
어느 하루
아스팔트
초록색 뱀
찬란히 번득이며
순식간에 지나간다
이승과 저승의 거리
구불구불 기어도
한순간이다

세월 2

어제와
내일 사이

오늘

내일을 향해
전력질주 중

해바라기

담장 옆에
제비꽃 민들레 함께
지지배배 자라던 아이들
보라색 꽃반지 끼고
민들레 솜털 담장 너머 날렸지

담장 밖이 궁금해
까치발 들고
키를 키우며 잎을 넓히기 시작했다

콘크리트 담장 위에 목을 걸치고
종일 해 바라기 하며
환한 웃음 지을 수 있게 되니
어느새
서쪽 하늘 붉게 물들고
어둠이 몰려오고 있다.

어릴 적
담장 옆 땅바닥에 앉아
공기놀이 하던

친구들 목소리 아직 재잘재잘 들리는데

제가 미자예요

내 어머니 아버지가 죽어서도 지키시는
형제자매들과 피를 나눈 곳
강원도 홍천군 남면 상오안리 442번지

어느 하루
바람처럼 생가를 찾았다
고향을 떠났지만
내 태가 묻힌 곳이 그곳인 것을

미자야 부르는 엄마 목소리
까르르 웃어대던 동생들
우물가에 앉아 감자 까는 언니들
교복 입은 멋진 우리 오빠
쇠 꼴 한 지게 짊어지고 들어오시는 아부지
외양간에 누런 소
꼬리치던 메리
아직 생생한데

그 터에
새 집이 지어져 있고

낯선 사람들이
나보고 누구냐 물었다

순이야

이름처럼 순하던 순이야
어느 하늘이 그리 넓어
이름조차 부르지 못하고
30년 세월을 주름잡고 있는지

별처럼 재잘대던
소녀 적 꿈은
자운영 만발한
논두렁 길 지나

도시의 빌딩 숲
좁은 하늘 아래
발자국 하나
남지 않는
콘크리트 길 걷고 있다

벼이삭 익어가는 논두렁 길
노을에 물든 얼굴로
길고 먼 세월 풀어내며
다시 걸어보고 싶구나

순이야
보고 싶다

잘 못 든 길

한여름
깊은 밤
암흑의 창 밖
풀벌레 소리
벗 삼아 독서 중

불빛 찾아
매미 한 마리
창틀에 앉아
매애앰 매애앰

슬며시 오던 잠이 화들짝

살아서 할 일 이루지 못해
오늘이 마지막 날인 듯 서럽게 울어댄다

펜

누가 그랬던가
펜은 칼보다 강하다고

헌데

산이 좋아라
물이 좋아라
사랑이여 이별이여
인생이여 허무하여라
읊어대면서

고래 떼 틈에서
새우 등이야 터지든 말든
무소불위로 휘두르는 칼날 앞에
정문일침 가하지 못 한다면
어찌 시인이라 할 수 있을까

들깨는 들깨끼리

한날 같은 밭에
씨 뿌려 키운 모종도
고르게 자라지 않는다네

모종을 뽑아 밭에 옮겨 심을 때는
가는 것은 가는 것끼리
굵은 모는 굵은 모끼리
같은 세력으로 한 팀을 이루어
뿌리를 섞게 하지

키 높이를 맞추어
땅을 옆으로 길게 파서
뿌리를 눕혀 심는다네
심고 보면 키가 고르게 맞추어져 있지
그렇다고 다 같이 자라고
같은 양의 열매를 맺는 것도 아니라네

사람 사는 것도 그와 같더군
눈높이를 맞추고 키를 맞춘다고 같아지지 않지
다양한 조건과 환경으로

다르게 되는 것을 옳다 그르다 말할 수도 없음이야
서로에게 맞추려는 이해와 양보가 세상을 아름답게 하지
들깨는 들깨끼리 사람은 사람끼리

청천호 둘레길

이름도 푸르른 청라靑蘿의
청천호수靑川湖水
그 푸르름 호수에 가둘 수 없어
둘레길 내어 세상에 내놓았다.
누구든 오시라
청라의 푸르름 속으로
청천의 맑음 안으로

소나무 숲 절벽 아래
비취색 물결 잔잔하고
뜨거운 햇살 솔잎 그림자
짙게 드리운다
서해 바다 건너온 열풍
나뭇잎새 흔들며
청록색 치유의 바람이 된다

곧게 한 자리 지키며
하늘 향해 솟은 마천죽摩天竹 대숲 길
우러러 가지 끝 바라보며 거닐면
생로병사 근심걱정 사라진다

바람과 숲의 연주에 산새들 지저귀고
지쳤던 영혼 노래하며 걷는
보령시 청라면 가느실 청천호 둘레길
걸어보시라

신부여 신랑이여

넓고 넓은 우주
많고 많은 사람 중에
그대들이 하나 되는
축복의 날

신부여 꽃다운 신부여
눈부시도록 아름답구나
사랑이란
그의 모든 것을 존귀히 여기는 것
그의 아픔은 나의 눈물
그의 기쁨은 나의 행복

신랑이여 믿음직한 신랑이여
우주 하나를 짓는구나
사랑이란
그녀의 모든 것을 소중히 품어주는 것
그녀의 눈물은 우주의 그늘
그녀의 미소는 우주의 등불

신부여 신랑이여

그대들이 하나 되기까지
그대들 삶에 진한 거름되어 살아오신 부모님
그 거룩한 은혜에 보답하는 길은
그대들이 행복하게 사는 것

행복이란
두 사람이 한 발자국 남기며 걸어가는 것
꽃길을 걷다 폭풍우를 만날 수도 있고
비 그친 언덕 찬란히 무지개 뜨는 날도 있으리니
무지개 언덕 너머 곱게 물든 가을 산에
흰 눈이 펑펑 내리는 날
한 발자국으로 이어진 길 돌아보며
세상에서 가장 환한 웃음 지을 수 있기를

신부여 신랑이여
오늘 첫 걸음
천국에 이르기까지 행복하기만 하세요

잘했어, 잘했어

제4부

착하게 살기

잘했어, 잘했어

겸손하게 살라하네

머리를 감다가 허리를 삐끗
더 이상 허리를 구부리고 고개를 숙일 수 없어
일어서서 머리를 감았다

괜찮아지겠지 하며 하루를 견디고
자가 자연치유 처방으로
마당에 깔아놓은 자갈길과 황토 마당을
맨발로 조심조심 걸었다
좀 나은 것 같았으나
아침에 일어나려니 더 힘들었다
세수 대신 얼굴에 물을 바르고 거만한 자세로 출근

한 순간에 사람이 자세를 바꿔
머리를 쳐들고 꼿꼿하게 살아보니
순하게 고개 숙이고 겸손하게 사는 것이
평화요 행복임을 알았다

고개 숙이지 못하는 것이 병이고
허리를 굽히는 것이 고통인
거만한 자들을 이해하게 되었다

애호박

애호박 하나
호박잎에 가려져
세어지고 늙는 것조차
모르고 있다가 발견한
누런 호박은 꿀단지 맛이다

늙어서도 발견되지 않아
골수 쏟아낸 자리
봄볕에 순을 틔워 옮겨 심었다.

푸른 잎에 가려져
늙는 줄도 모르고
살다 간 엄마처럼
넓은 잎 그늘에 애호박
어느새
늙는 줄도 모르고 늙고 있다
꿀단지로 발견되어도 좋고
골수 쏟아내도록 살아도 좋다

노을

흙에 묻혀
고개고개 넘어온
아득한 세월이
돌아보니 한순간이네

겁날 것 없던 황소 기운
이제
풀 한 포기도 무서워
보아도 못 본 척하다가

딱 한 번 뿐 인 생
다시 밭으로 나아가
해질녘까지 밭을 맨다

세월의 무게에
가벼워진 몸
천천히 허리 세워
붉은 노을 속을 걸어 집으로 갈 시간이다

우리 엄마

마당에
산더미처럼 쌓여 있던 열무
투덜대며 떡잎을 떼고 차곡차곡 쌓아 놓으면
짚으로 가지런히 한 단 한 단 묶어 놓으셨지
다음날 아침
등교 버스에 열무 보따리가
한 자리를 차지해 미안해하시며
애지중지 보따리를 지키시는
엄마를 애써 외면했었지
장마당 한켠 늦도록 소매를 하시며
배고픔은 물 한 대접으로 견디셨을 우리 엄마
집으로 돌아오는 버스에서 만난
우리 엄마 표정은 밝았지
아부지를 위한 연시와
우리들을 위한 자반고등어가
작아진 보따리 안에 들어 있었지

어머니 1

오뉴월의
콩 밭 들깨 밭
늙은 어머니
궁둥이를 높이 쳐들어 하늘을 받들고
땅을 향해 고개 숙이고
아들 딸 그리며
밭고랑마다 땀으로 적신다
무더운 열기 더 이상 내리지 못하고
어머니의 엉덩이에 밀려 서산으로 기운다

어머니 2

평생을 달리기만 하셨던 어머니
등에 업은 자식과 부모님의 손 놓지 않고
쉼 없이 달리다 넘어져
깨지고 피가 나도 다시 뛰어야 했던 어머니

아이들 세상에 나아가
바르게 걷는 법 가르쳐 주시고
앞으로 가라 씩씩하게 가라 흔들리지 마라 노래하며 가라
멀리 앞서 걷는 아들 모습
지켜보며 응원하시던 어머니

이제
나 혼자 힘차게 걸어가매
돌아보니
아 어머니
당신을 위해 한 번 달려 보지도 못하시고
지쳐 쇠잔한 몸
뛰던 발걸음 어디 가고
주저앉아 손짓만 하시는지요
손잡아 일으켜 세우려 해도

숨 쉬는 목석처럼 꼼짝 못하시네요
쉴 새 없이 달리기만 하시더니
기력이 다하셨나 보네요

어머니 쉬세요
쉼 없이 사셨으니 이제
누워서 숨만 쉬셔도 좋아요
맘껏 똥도 싸고 오줌도 싸며
대접 받으시다 가셔야지요
어머니 뵈오러 달려올 수 있도록
오래오래 자리 지켜주세요

죄송합니다 어머니

착하게 살기

이른 아침 알밤 주우러 갔다
동면에 들 독 오른 뱀을 경계하며
다람쥐 식량을
조심조심 한 알 한 알 주워 모았다.

밤나무 아래는
예초기 날에 잘리고 꺾이며
살아남은 도깨비바늘*이
도깨비 성을 이루고 있었지만
발로 헤치며 한 바퀴 돌았다

바짓가랑이는 이슬로 다 젖었고
도깨비바늘이 달라붙어
도깨비 방망이 모양이 되었다
언덕에 앉아 한참 동안
도깨비바늘을 떼어 냈다

봄이 되면
내가 앉았던 자리 향기 나는 들꽃 보기 어렵겠다

*도깨비바늘: 국화과의 한해살이풀

하늘이시여

한 세상 살아감에
솜털 같은 허물없는 사람
어디 있겠냐마는

남의 실수 부풀리어 터뜨리고
자기 허물 빛나게 포장하는
권모술수 난무하는 세태 속에

눈 가리고 아옹하듯
제초제도 소용없는 들보 모종 키워 놓고
수시로 드러나는 들보 숨기려
양상군자들 득실거리네

온순한 백성만 법으로 다스리는
법보다 높으신 나으리들
법망을 이용한 들보 모종판
하늘이시여 심판하소서

출근길

출근길
매일 만나는 할머니
아는 체해 줘서 고마워요
내가 해 줄 것은 없고
'복이나 많이 받아요'

지나가는 사람들에게 남아 있는 복
다 주시더니
며칠째 안 보이신다
할머니 대신
감나무 가지에
논두렁에 지붕 위에
까마귀 까악까악

마을의 역사 하나 줄었다

갈대

희로애락 묻어두고
흐드덕 대며 사는 겨
사는 거 벨 거 있간
그냥
인생만사 풀어서
흐드덕 날려 보내는 겨

갈대가 소리 내고 싶어서 내는 게 아녀
속이 비면 헛웃음이 나오는 겨
다 털어내고 헛소리도 하매 사는 겨

어느 똑똑하다는 양반
입 꼭 다물고 수전노로 수십억 움켜쥐고 있더니
속 빈 것들보다 먼저 꺾이더면
갈 때는 십 원도 못 가져가더라구

어버이날에

90이 넘으신 우리 엄마
보행기 밀며 산책하다
매일 만나는 사람인데
똑같은 말
오랜만이네유 어디 가유?

마을 어귀 느티나무 그늘에 앉아
햇볕과 바람에 출렁이는 들판
멀리 날고 있는 새들 하염없이 바라보다
나무 뒤에서 오줌을 눠도 부끄럽지 않습니다

평생을 한 밭일이 몸에 밴 듯
남의 마늘밭 지나가다 풀 뽑아주고
알뜰살뜰 살아오신 성품에
버려진 물건 주워다 쌓아 놓으십니다
그런 우리 엄마를 귀찮은 듯 핀잔합니다

밖에서는 봉사활동 한다며 살살 웃으면서
우리 엄마가 묻는 말에는 퉁명스럽습니다
개와 고양이는 쳐다보고 얼러주면서

늙은 우리 엄마는 외면하기도 합니다
어쩌다 우리 엄마가 개보다 못한 존재가 되었을까요

내년 어버이날에는 엄마가 안 계실수도 있습니다.
오늘 엄마를 안아 드리며
엄마 미안해요 용서하세요 사랑합니다
꼭 하시기입니다
그간의 서운함 노여움 한 번에 다 풀리실 겁니다

백세주

효부는 아니지만 아버님께
식사 때마다 반주로 올린 백세주
효험이 없는가
95수로 떠나신 지 3년째

따가운 초가을 햇살 아래
인적 없는 산길 헤집고
아버님 누우신 곳 찾아간다

남편은 예초기 메고
나는 갈퀴 들고 백세주 한 병 들고
길섶에 들꽃이 반기고
산밤가시가 굵어 서둘러
하얀 이를 드러낸 밤송이가
아버님 웃으시는 입 모양이다

병석에 아버님
더부룩한 수염
정성들여 깎아 드리고
거울을 보여 드리면

기운 없이 흐뭇해하시더니

못난 자식 끼고 살다
누우신 자리
편치 않으신가 잡초만 무성하다

면도해 드리듯 풀을 베고
말끔해진 산소에 백세주 한 잔 올리고
나란히 절하고
말없이 하늘만 바라본다

맑고 깊은 하늘에
구름처럼 떠오른 아버님 얼굴
눈시울 붉어져
둘이서 백세주로 달랜다

죽어도 웬수

할망구望九로 살아도
웬수 같은 영감탱이 덕분이었다
정도 없이 한 번 맺어진 인연
숙명처럼 받들고 살아온 세월
한 지붕 아래 고슴도치처럼 가시를 두르고
서로 걸리기만 해봐라 말 한 마디 없이 수십 년
마누라 뵈기 싫어 혼자
밥그릇 쓰러질 듯 고봉으로 퍼다
방에 들어가 혼자 먹어도
내 팔자야 내 팔자야 신세타령보다
좋아하는 반찬 몇 가지 해놓으면
도둑고양이처럼 없애주곤 했다

평생 웬수
생활비 찔끔찔끔 주고 수전노처럼 모은 푼돈
죽으면서도 아들한테 맡기고
백년해로 마누라 끝내 거지 만들어 놓아 원망했다
죽어도 눈물 한 방울 안 흘리리라 했는데
가시 세운 고슴도치가 되어 맘껏 싸워 보지도 못하고
한 줌 재가 되는 과정이 살아온 세월처럼 한 순간이었다

시간이 갈수록 휑한 가슴 채울 길 없고
손바닥만 하던 집이 텅 빈 저택 되어
한 귀퉁이에 홀로
암흑의 바다에 좁쌀 한 톨 모양으로 출렁이고 있다

장벽 쌓아두고 남처럼 살아도
듣거나 말거나 혼자 떠들기도 했는데
이제 입에서 군둥내가 난다
고봉밥 먹는 모습 꼴도 보기 싫더니
도둑고양이 반찬 할 일 없어
내 먹을 것도 없이 하루가 석삼년이다
죽어도 웬수
차라리 영감탱이 따라가 가시 세우고 맘껏 따지고 싶다

내일까지만

오고
또 오고
밀물처럼 오는 내일인데
서두르지 말자고
천천히 가도 내일은 오더라구
그런데
내일은 얼마나 남았을까

되돌리고 싶은
오늘 같은
까마득한 날들
돌아봐도 한 발자국도 안 보인다
헛발질로 여적 걸어온 겨

오늘도 헛걸음인줄 알면서
다지고 두드리며
실올이라도 걸리기만 해봐라 맘먹어 보지만
이제 걸려도 소용없어 골절뿐이지
그래도 걸어야지
내일이 온다는데 여기서 걸음을 멈출 수 없지

헛발질이라도
매일 내일까지만 걷자구

인생은 허황된 것만이 아니라고

60년대
전라도 어느 산골
배고픈 열다섯 살 소년
주경야독의 꿈을 안고
서울행 기차를 탔다

가진 것은
기차표 한 장
배움에 대한 열망
부자가 되겠다는 각오 하나

가난에 단련된 몸
새벽부터 통행금지 사이렌이 울릴 때까지
손발이 부르트고
온몸에서 쉰내가 나도록
청계천 리어카꾼으로 서울 사람이 되어 갔다
악취 나는 청계천을 누비며 지친 육신
아낄 수 있는 것은 잠자는 시간뿐
모두가 잠든 시간
판잣집 벽 틈으로 새 나오는 불빛 하나

지지 않는 별빛으로 빛났다

세월이 얼마나 흘렀는가
고향도 사랑도 잊고 고되기만 했던 젊음
어느새 반백의 노인이 되어
물고기 자유롭게 헤엄치는
청계천 가에 에쿠스를 세워 놓고
지난날을 회상하며
종이컵에 커피를 마시며
롱펠로우의 인생찬가를 노래하고 있다
인생은 허황된 것만이 아니라고

하루를 구십 년처럼

살아생전 꿈꾸던 꽃방석
죽어서 꽃상여 타고
천상으로 오르는 길 옆
먼저 지은 무덤
새로운 영혼 환영하듯
아지랑이 피어오르고 햇살도 포근하다

구십 평생 살다 갔으니 호상이라고
상주도 문상객도 웃고 상여꾼도 장난이지만
하루만이라도 더 숨 쉬고 싶었던 간절함
너희가 임종을 맞이해 봐야 알겠지
저승으로 가는 길목에서 뒤돌아보니
살아생전 가시방석 행복이었구나

내 사랑하는 사람들아
하루같이 살아온 구십 년 돌아보니
지나온 인생길 텅 비었구려
그대들
내 목소리 들을 수 있다면
하루를 구십 년처럼 살기를

해설

보령의 장소성과 자연 묘사와 인물 서사

공광규 시인

잘했어, 잘했어

보령의 장소성과 자연 묘사와 인물 서사

공광규_ 시인

1.

　용미자 시인은 강원도 홍천에서 출생하여 현재 충남 보령에 살고 있다. 그는 고향에서 성장 후 서울에서 살다 귀농해 20여년 전부터 시낭송가 활동을 하면서 시창작에 눈을 떴다. 2004년 시인으로 등단해서 2008년 첫 시집 『고백』을 출간했다. 또 2022년 두 번째 시집 『괜찮아, 괜찮아』를 출간해 '배기정 문학상'을 수상했다. 이번 시집 『잘했어, 잘했어』는 세 번째 시집이 된다.

　문학을 넘나드는 다양한 이력과 활동을 하고 있는 용미자의 시는 생활일상에서 만나는 사물과 사건, 그리고 거기서 발기되는 심사를 현장감 있게 진술한다. 이런 그의 시적 제재 특징을 분류하여 살펴보면 시인이 살고 있는 지역에 밀착한 제재를 적극적으로 진술하는 장소성과 시인이 만나는 자연 사물, 그리고 시인의 어머니 등을 비롯한 주변 인물들의 이야기라고 할 수 있다.

2.

용미자 시인의 창작방식 첫 번째 특징은 장소성이다. 시인은 자신이 살고 있는 지역에 근거한 삶의 내용에 충실한 시를 쓰는 시인이다. 그의 시를 읽다가 필자는 용미자가 우리 문단에서 보기 드문 장소성이 강한 시를 쓰는 로컬리스트라는 생각이 들었다. 시에서 구체적인 장소 묘사는 독자에게 신뢰감을 주며, 독자의 공감력을 높이는 데 기여한다. 시인은 자신이 거주하고 있는 보령과 시골 농경 풍광을 선명하게 진술하고 있다.

시 문장에서 얻을 수 있는 정보에 의하면, 시인은 지금도 부모가 죽어서도 지키고 형제자매들과 피를 나눈 "강원도 홍천군 남면 상오안리 442번지"에서 출생 및 성장하였다. 우물가에 앉아 감자를 까는 언니와 교복을 입은 멋진 오빠와 쇠꼴을 지고 오는 아버지와 외양간의 누런 소, 꼬리를 치는 강아지가 있던 농촌이었다. 이후 성장을 해서 서울 강남에 살다가 현재 남편의 고향인 보령으로 이주하여 살고 있다.

이름도 푸르른 청라靑蘿의
청천호수靑川湖水
그 푸르름 호수에 가둘 수 없어
둘레길 내어 세상에 내놓았다
누구시든 오시라
청라의 푸르름 속으로
청천의 맑음 안으로

소나무 숲 절벽 아래
비취색 물결 잔잔하고
뜨거운 햇살 솔잎 그림자
길게 드리운다
서해 바다 건너온 열풍
나뭇잎새 흔들며
청록색 치유의 바람이 된다

– 「청천호 둘레길」 부분

시인은 이렇게 자신이 거주하는 지역의 호수, 청천호를 상찬하며 독자에게 청천호에 오라고 제안한다. 푸른 호수와 둘레길, 맑은 물, 소나무숲 절벽과 비취색 물결, 솔잎 그림자, 마천죽 대숲길, "바람과 숲의 연주에 산새들 지저귀"는 곳인 "보령시 청라면 가느실 청천호 둘레길"을 걸으며 지친 영혼을 달래라고 한다.

필자도 어려서 그곳의 광산촌에 살았던 적이 있는데, 청라靑蘿는 칡과 당대미가 많았으므로 청라면靑蘿面이라 했다는 유래가 있다. 도참설에 의하면 내포 땅에 하늘이 내린 땅이 2군데가 있는데, 그 가운데 하나인 만년영화지지萬年榮華之地가 청라에 있다고 했다. 아직 그 땅의 주인主人이 나타나지 않고 있다고 한다.

그래서인가 원래 청라 지방에는 낙향한 선비들이 많은 것이 특징이었다. 그래서 청라를 가리켜 삼다향三多鄕이라 불렀다고 한다. 양반과 인물과 돌이 많아 얻은 이름이다. 이곳에 살던

양반兩班들은 지금은 1962년 완공된 청천호수에 수몰된 창벽 기슭에서 시를 짓는 등 인생을 즐겼다고 한다. 용미자 시인이 일찌감치 이곳에 내려가 시를 쓰고 보령서당 훈장을 하고 있는 것과도 지역의 인연이 무관하지 않아 보인다. 개인의 지리적 운명이라는 것이 있다.

오서산 꼭대기에
걸려 있던 바람이
명대계곡을 타고 내려와
아스팔트 도로를 건너
방앗간 지붕을 넘어
누런 논두렁을 달려
소나무숲을 지나면서
비를 동반하여 대숲을 쓸고
우리 집 마당가 감나무를 적시더니
지붕을 때리고 있다

- 「늦가을」 부분

눈 내려 꽁꽁 얼어붙은 하얀 밤
자동차 불빛 따라 도착한
청라면 신산리 우리 집 마당
앙상한 나뭇가지들 높이 하늘 울타리 치고
초롱초롱 별을 달고 흔들고 있다

- 「겨울밤」 부분

시 「늦가을」은 시인이 거주하는 보령 지역에 있는 오서산에서 시작한 바람의 이동 동선이 눈에 보이듯 사물을 통해 묘사하고 있다. 그러니까 바람은 오서산 꼭대기에서 명대계곡, 아스팔트, 방앗간 지붕, 논두렁, 소나무 숲, 대숲, 우리집 마당 감나무, 지붕으로 이동한다. 이런 구체적 사물을 잇는 동선에 대한 묘사는 시적 장소에 대한 오랜 시간 관찰과 응시가 아니면 불가능할 것이다.

「겨울밤」에는 늦가을 오서산에서 내려온 바람이 머무는 "신산리 우리집 마당"이다. 이곳은 잎을 버린 겨울 앙상한 나뭇가지가 하늘에 울타리를 치고 초롱초롱 별을 달고 있는 화자의 집이다. 화자는 이런 시골집에 사는 것이 더 바랄게 없이 만족하다는 자족의 메시지를 형상하고 있다.

용미자의 시에는 자신이 거주하는 보령 지역의 공간을 언급한 장소성을 보여주는 시들이 많다. 위에 인용한 「청천호 둘레길」에서부터 「늦가을」이나 「겨울밤」을 비롯해 「낭만 연인」 「청천호 호수공원」 「숲속의 여왕」 「대천해수욕장」 「아 그 집」 「사랑茶방」 등 많은 수의 시편들이 산재한다.

3.

귀농하여 시골에 삶의 터전을 두고 있는 용미자 시의 두 번째 특징은 긍정적 자연관이다. 시인은 자연 현상에 인간사를 투영한다. 그래서 그의 시는 인사가 빠진 심심해서 맹숭맹숭한 과거의 음풍농월을 넘어선다. 그의 자연에는 사람이 있고 동물이 있고, 사유가 있다. 아래 시 「낙원」에서는 화자가 조수와 파충류에게 경어를 사용하여 사람을 포함하여 동물과 식물이 분별과 차등이 없는 세계가 낙원이라는 관념을 형상한다.

산새들 바람 타고 내려와
재잘대며 걸어 다니는 곳
강아지는 사료를 남겨
들고양이 가족과
산까치 산비둘기 부부 불러들이신다

개미 떼 줄지어 이사 가던 날 밤
한바탕 소나기 내리고 아침이 되면
지렁이도 일광욕 나오시고
강아지들과 파놓은 웅덩이에
참새 떼 목욕하러 포로로 날아오는 곳

사마귀도 성큼성큼 나타나
날개 푸득이며 도끼발 치켜드는 곳
두꺼비도 엉금엉금 지나가시고
개구리 폴짝 뛰는데 초록 뱀이 뒤따르는 곳
　　　　　　　　　　　　　　　　　－ 「낙원」 부분

어둔 숲
곤충들의 합창
각자 저만의 소리 빚어

먹물 같은 숲
생동감이 넘실댄다

생김새가 다르다고
내 노래가 최고라고
다투지 않는다

- 「너랑 나랑」 부분

시 「낙원」에서 시인은 숲속의 오두막집 마당을 공간으로 설정하고 그 곳에 낙원의 조건과 모습을 형상하고 있다. 낙원의 공간은 시멘트가 아니고 흙으로 이루어진다. 정돈된 잔디정원이 아니고 잡초가 있는 곳이다. 거기는 강아지가 뛰어놀고 산새들이 내려오는 곳이다. 강아지가 들고양이나 산까치, 그리고 산비둘기와 음식을 나누는 곳이다. 개미 떼가 이사를 다니고, 지렁이가 나와 일광욕을 즐기는 곳이다. 강아지가 파놓은 웅덩이에 고인 물로 참새 떼가 목욕하고, 사마귀와 두꺼비와 개구리와 초록 뱀이 사는 곳이다.

용미자는 낙원이라는 것이 현대문명을 상징하는 시멘트가 아니라 천연의 자연공간에서 "각자의 모습으로/ 각자의 삶을 누리시는/ 낙원이 먼 곳에 있지 않"다고 한다. 낙원의 정신을 시 「너랑 나랑」에서도 구현한다. 자기 목소리만이 서로 최고라고 각자 저만의 소리로 먹물같이 어두운 숲을 생동감 있게 만들어가는 것을 낙원이라고 한다.

날 때부터
천대받는 민들레
짓밟혀야 하는 운명
밟히며 살아도
꽃을 피우고 솜털을 날리니
산천이 아름답다

(중략)

어둡고 그늘진 곳
등불이 되고 햇살이 되고 방패가 되어
지천에 민들레 솜털 훨훨 날리는
아름다운 세상을 위하여 노래하며 걸어가리

– 「아름다운 세상을 위하여」 부분

용미자의 삶과 시가 지향하는 일관된 종착지는 아름다운 세상, 곧 낙원이고 천국일 것이다. 이런 세상이 어떤 곳이라는 것을 위 시 「아름다운 세상을 위하여」에서 보여준다. 이 시의 핵심어는 민들레다. 생태적으로 지천에 낮은 키로 태어나 짓밟히는 천대받는 민들레는 자신의 운명을 극복하고 꽃을 피우고 열매를 퍼뜨리며 산천을 환하게 한다.

민들레는 민초로 비유되며, 비록 야생화로 태어나 잡초로 살면서 여러 번 갈아엎어도 다시 일어나 새순을 내는 풀이다. 화자는 이런 민들레처럼 "어둡고 그늘진 곳"에서 등불과 햇살과 방패가 되어 아름다운 세상을 위하여 노래하며 걸어가겠다고 다짐한다.

　위에 언급한 「낙원」과 「너랑 나랑」 「아름다운 세상을 위하여」 외에도 자신의 긍정적이고 비유적 인생관을 자연에 투영한 시편들은 「벚나무」 「눈 내리는 날」 「아파트형 둥지」 「봄밤의 노래」 「거미」 「노을」 「고진감래」 「잘못 든 길」 등 상당수의 시에 해당한다.

　　4.

　보령에서 "서당 훈장님"(「숨바꼭질」)인 용미자 시인은 「어머니 1」와 「어머니 2」에서 보이듯 어머니를 비롯하여 아버지 등 주변 인물을 시에 적극적으로 수용한다. 그는 시에서 "90이 넘으신 우리 엄마/ 보행기 밀며 산책"(「어버이날에」)하는 효녀이거나, "아버님께/ 식사 때마다 반주로 올"(「백세주」)려 95수까지 장수하게 한 효부다. 특히 용미자의 시에서 엄마, 어머니는 식민지와 전쟁이 가져다 준 폐허에서 누구나 할 것 없이 절대 가난의 시대를 건너온 고난의 대명사다. 시 「우리 엄마」를 통해서 우리는 지난 세대 모두의 가난을 다시 회고하고 들여다보고 공감하게 된다.

　마당에
　산더미처럼 쌓여 있던 열무
　투덜대며 떡잎을 떼고 차곡차곡 쌓아 놓으면

짚으로 가지런히 한 단 한 단 묶어 놓으셨지
다음날 아침
등교 버스에 열무 보따리가
한 자리를 차지해 미안해하시며
애지중지 보따리를 지키시는
엄마를 애써 외면했었지
장마당 한켠 늦도록 소매를 하시며
배고픔은 물 한 대접으로 견디셨을 우리 엄마
집으로 돌아오는 버스에서 만난
우리 엄마 표정은 밝았지
아부지를 위한 연시와
우리들을 위한 자반고등어가
작아진 보따리 안에 들어 있었지

- 「우리 엄마」 전문

식민지와 전쟁으로 그나마 약간이라도 있었던 제조시설과 농경시설이 파괴된 상황에서 민초들은 생계를 위해 무엇이든지 해야 했다. 화자의 엄마는 열무를 뽑고 다듬어 단으로 묶어 시장에 내다 팔았다. 이런 엄마를 다른 사람이 보는 앞에서 부끄럽다고 외면했던 경험은 필자를 포함한 많은 사람들도 가지고 있는 기억이다.

남들 앞에서 부모가 부끄럽게 느껴지는 심리적 현상을 지칭하는 특정 학술 용어는 찾기 어렵지만, 이는 자신의 정체성 형성 과정에서 부모와 분리되려는 자율성 추구의 한 측면으로 보기도 한다. 또한 부모의 행동이 자신의 사회적 이미지, 즉

학우들에게 부정적인 영향을 미친다는 인식 때문이기도 할 것이다.

시 「아버님의 빈자리」에서는 한가위에 아버님이 떠난 후 찾아오는 이 없이 "차례상을 차리고/ 홀로 절하는 남편"에게서 아버님의 모습을 본다. 시 「순이야」에서는 30년 전에 아마 하늘로 간 것으로 보이는 친구를 "순이야/ 보고 싶다"고 부른다. 현재 볼 수 없는 친구에 대한 그리움을 형상한 시다.

시 「죽어두 웬수」는 "할망구로 살아도/ 웬수같은 영감탱이 덕분이었다"며 부부의 인연과 관계를 반어적으로 표현하고 있다. 시쳇말로 부부는 '웬수끼리' 만난다고 하지만 남녀의 만남은 인연이고 운명이고 숙명이다. 그래서 시인은 "정도 없이 한 번 맺어진 인연/ 숙명처럼 받들고 살아온 세월"로 표현한다. 영감탱이를 먼저 저 세상으로 보내고 혼자가 된 할망구는 "고봉밥 먹는 모습 꼴도 보기 싫더니/ 도둑고양이 반찬 할 일 없어/ 내 먹을 것도 없이 하루가 석삼년이다/ 죽어두 웬수/ 차라리 영감탱이 따라가 가시 세우고 맘껏 따지고 싶다"고 한다.

시에 드러난 용미자의 인생관은 긍정적이다. 사물과 사건을 대하는 눈이 바르고 사유에 균형이 잘 잡혀 있다. 한마디로 절차탁마가 잘 된 인간의 전형이다. 시 「너랑 나랑」에서 사건과 사물과 사유에 대한 균형점이 잘 잡힌 시인의 인격을 엿볼 수 있다면, 표제시 「잘했어, 잘했어」에서는 여러 학원을 다니느라 지친 학생을 위로하고 힘을 주는 긍정의 언사다.

　학원가 순례하듯 돌고 돌아온 아이야

장인 공工 지아비 부夫가 만나 공부가 되었지
훌륭한 어른으로 만들어 가는 과정이
어찌 힘들지 않겠니

영어 학원 갔다가
수학 학원 다녀
태권도에서 발차기로 스트레스 풀고
다시 피아노 치며 감성을 다듬은 후
어두운 시간 서당 문 열고 들어온 아이

하루 일정 스스로 채워가는 아이야
오늘 채워진 너의 발걸음
어른이 된 후 네 발걸음 가볍게 해 주겠지
반복되는 지루한 학업이지만
그래, 오늘도 잘했어 잘했어

-「잘했어, 잘했어」 전문

경쟁 중심의 사회에서 아이들은 학원으로 내몰린다. 영어, 수학, 태권도, 피아노 학원을 거쳐 맨 나중에 한문학원인 서당으로 온다. 화자는 이런 학생들에게 학원가 순례를 훌륭한 어른으로 만들어 가는 과정으로 긍정하며, 당연히 힘들지 않을 수 없다고 한다. 하루 일정을 스스로 채워 가는 반복되는 지루한 학업이지만 "오늘도 잘했어"라고 기운을 북돋우는 칭찬을 한다.

어린 학생에 대한 애정 어린 칭찬은 불특정의 청년으로 확장되기도 한다. 시집의 1부 첫 시 「일어나라 아들아」는 모성애

와 측은지심과 사회의식이 겹친다. 시인은 "사거리 한복판/ 오토바이 내팽개쳐 있고/ 비닐봉지 터져 토해 낸 짬뽕 국물 깔고/ 어린 아들 쓰러져 있다"며 청년 배달 노동자의 사고 장면을 정밀하게 사실적으로 묘사한다. 이 사고를 "꿈을 향한 무한 질주"였고, "가난 탈출을 위한 과속과 신호 위반"이라며 사회적 비유를 한다. 이렇게 쓰러진 청년에게 화자는 "일어나라 아들아"라고 호명한다.

다른 시 「하늘이시여」는 세태 비판과 함께 사회의식을 강하게 표출시킨다. 세상을 살아가면서 허물없는 사람이 없다는 보편적 자애심과 이런 허물을 부풀리는 권모술수 세태를 비판한다. 그러면서 "온순한 백성만 법으로 다스리는/ 법보다 높은 나으리들"을 심판하라고 하늘에 호소한다. 출근길에 매일 만나던 할머니 한 분이 돌아가신 것을 "마을의 역사 하나 줄었다"(「출근길」)고 비유하거나, 터미널에 모인 여러 가지 인간 군상을 시 「터미널 그림」에서 정밀하게 묘사한다.

5.

지금까지 보령에서 이주하여 시를 쓰는 등 다양한 활동을 하고 있는 용미자 시인의 시를 제재 중심으로 분류하여 살펴보았다. 시인은 보령이라는 지방도시에서 일어나는 생활 일상을 사물과 사건, 그리고 사유를 중심으로 현장감 있게 진술하는 능력을 가지고 있다. 그의 시 특징을 살펴보면 첫째는 보령 지역의 지명을 포함하여 생활일상을 진솔하게 진술하는 장소성이 강한 시를 쓴다는 것이다.

둘째는 농경사회에서 만나는 자연사물인 조수초목과 화초, 들과 산천 등 풍광을 인간사와 결합시켜 적실하게 묘사하는 것이다. 자연의 생태를 묘사하는 방식은 오래된 창작방법 가운데 하나다. 그렇지만 시인은 과거의 자연 묘사 중심인 음풍농월을 넘어 자연과 인간의 생태를 병치하거나 인간사를 적극적으로 수용하여 표현하고 해석해 낸다.

셋째는 어머니와 아버지, 아버님, 어머님, 출근 때마다 인사를 하는 동네 할머니, 학원가를 도는 학생들, 사고를 당한 청년 배달 노동자 등 다수의 인물이 시에 등장한다. 이들 인물들은 각각의 개성을 갖고 있어서 시집을 읽어가는 재미가 쏠쏠하다. 아스팔트에 순식간에 지나가는 초록 뱀에서 삶과 죽음의 한순간을 눈치 챈 시인은 자신의 인생 시간을 1년 중 9월로 감지하고 있다. 용 시인이 인생 끝까지 정문일침을 가하는 시를 쓰기를 바란다.

잘했어, 잘했어

문힘시선 036

잘했어, 잘했어

발행일 2025년 10월 10일

지은이 용미자
펴낸이 이순옥

펴낸곳 도서출판 문화의힘
　　　　등록 364-0000117
　　　　주소 대전광역시 동구 대전천북로 30-2(1층)
　　　　전화 042-633-6537
　　　　전송 0505-489-6537

ISBN 979-11-994438-1-5
ⓒ 용미자 2025
저자와 협의로 인지는 생략합니다.

* 저자와 출판사의 서면 허락 없이 무단 도용하거나 발췌하는 것을 금합니다.

* 잘못된 책은 구입하신 곳에서 교환해 드립니다.

* 본 도서는 충청남도와 충남문화재단의 후원으로 발간되었습니다.

|값 11,000원|